Colcha de Retalhos

Editora Melhoramentos

Moreira de Acopiara, pseud.
 Colcha de retalhos / Moreira de Acopiara, pseud. de Manuel Moreira Júnior; [xilogravuras: Erivaldo Ferreira da Silva] – São Paulo: Editora Melhoramentos, 2011.

ISBN 978-85-06-06650-8

Literatura infantojuvenil brasileira.   2. Poesia brasileira.   I. Moreira Júnior, Manuel.   II. Silva, Erivaldo Ferreira da.   III. Título.

CDD-869.1B

Índice para catálogo sistemático:
 1. Poesia – Literatura infantojuvenil brasileira   869.1B

Obra conforme o Acordo Ortográfico da Língua Portuguesa

© 2011 Moreira de Acopiara

Xilogravuras: Erivaldo

Projeto gráfico e diagramação: Olé estúdio

Direitos de publicação:
© 2011 Editora Melhoramentos Ltda.

1.ª edição, 7.ª impressão, fevereiro de 2024
ISBN: 978-85-06-06650-8

Atendimento ao consumidor:
Caixa Postal 169 – CEP 01031-970
São Paulo – SP – Brasil
Tel.: (11) 3874-0880

www.editoramelhoramentos.com.br
sac@melhoramentos.com.br

Impresso no Brasil

Colcha de Retalhos
Moreira de Acopiara
Xilogravuras de Erivaldo

Editora Melhoramentos

Apresentação

No Nordeste brasileiro ainda é comum ver nas feiras, nos mercados e nas praças bancas onde são vendidos folhetos com versos medidos e rimados, geralmente com estrofes de seis versos (sextilhas) ou de sete (setilhas), de sete sílabas poéticas, contando histórias fantásticas sobre heróis e santos, dramas ou mesmo reportagens sobre os acontecidos locais. Esses livrinhos, na maioria das vezes feitos com papel barato e xilogravura na capa, são conhecidos pelo nome de cordéis. Acredita-se que esse nome veio de Portugal e deve-se ao fato de serem encontrados muitas vezes pendurados em cordões, como maneira de apresentá-los à venda.

Durante décadas foi a literatura do povo simples do sertão. Muita gente aprendeu a ler soletrando os versos desses livrinhos, também chamados de folhetos ou romances. E foi o jornal do sertanejo, principalmente antes da chegada da televisão, do rádio e do computador e quando o jornal só circulava nas maiores cidades. Foi lendo cordel que muita gente ficou sabendo de notícias importantes e novidades do sertão, das cidades e do mundo.

Cheguei a conhecer autores que, para vender seus trabalhos, usavam (e usam ainda) de vivacidade. Escolhiam um dos livrinhos e faziam uma leitura cantada, numa melodia bonita e penosa. Esse canto reunia o povo para ouvir a história. Quando chegavam na melhor parte fechavam o livrinho e começavam outro. Curiosos, os ouvintes acabavam comprando o cordel interrompido e o levavam para ler em casa.

Os criadores dessas histórias eram, na maioria das vezes, pessoas simples ou semialfabetizadas, assim como os consumidores. Mas, no geral, gente de muita sensibilidade. Verdadeiros poetas do povo. Hoje a coisa está diferente. O poeta cordelista é mais escolarizado, e o cordel está na sala de aula e nas universidades, na televisão, no cinema, na música e no teatro, virou nome de novela e enredo de escola de samba.

Acredito que essa literatura tenha chegado ao Brasil de maneira oral, junto com o colonizador, ali pelo século XIX. Mas é publicada há muito mais tempo na Europa. Suas origens vêm da Idade Média, dos trovadores e dos menestréis. Tempos em que estes cantavam, em suas loas, as aventuras das guerras das Cruzadas e de seus heróis. Ainda hoje muitos dos personagens das histórias (estórias, para Câmara Cascudo) dos *romances* são daquela época; por isso é comum encontrar aventuras de reis e princesas encantadas e outros personagens envolvidos em uma aura daqueles tempos dos cavaleiros andantes.

Colcha de Retalhos é mais uma das muitas e comoventes histórias que minha mãe me contava nas noites sertanejas, à luz de lamparina e enquanto o sono não vinha. Encontrei outras versões, em prosa, dessa mesma história; então resolvi fazer a minha, só que em versos. Tomara que você goste.

Foi no Nordeste brasileiro que o cordel encontrou ambiente propício, passou por naturais modificações, e hoje a gente pode dizer que ele é brasileiro. Temos poetas e cordéis no Brasil todo.

Moreira de Acopiara

O Cantinho é o lugar
Das minhas doces lembranças,
Das minhas saudades grandes,
Das eternas esperanças,
Paixões que nunca esqueci,
Mesmo depois que empreendi
Muitas e grandes andanças.

Saí de lá muito cedo,
Despreparado, à procura
De um trabalho que me desse
Suporte, alguma cultura
E um caminho diferente.
Quando a gente é jovem sente
Muito prazer na aventura.

Se bem que cultura a gente
Encontra em todo lugar;
Todo povo tem a sua,
É bastante observar,
Ler os melhores volumes,
Observar os costumes
E ouvir mais do que falar.

Não posso negar que muitas
Coisas boas aprendi
Na região do Cantinho,
Lugarzinho onde vivi
Até os meus vinte anos.
Muitos dos sonhos e planos
Foi ali que concebi.

Lembro a névoa desmaiada
No relevo das paisagens,
Lembro o cristal despolido
Que desbotava as pastagens...
As veredas principais
E os vegetais marginais
De coloridas ramagens.

Tudo eu vi quando voltei,
Depois de anos incontáveis
Suportando desconforto,
Contemplando miseráveis,
Vivenciando percalços,
Aturando amigos falsos
E chefes insuportáveis.

Por isso tomei a destra
Na direção do Cantinho;
Pisei a terra vermelha,
Acarinhei o caminho,
E numa manhã de abril
Aquela chã de Brasil
Me recebeu com carinho.

Já na primeira cancela
Me encontrei com uma menina
De uns quatorze ou quinze anos
E deduzi: "É Regina!
Do Zé a única filha,
Matuta estrela que brilha
Nessa quadra nordestina".

E era mesmo! Vinha alegre,
Com uma lata numa mão
E uma rodilha na outra,
No rumo do cacimbão.
Quando me viu recuou,
E eu notei que se acanhou,
Botando os olhos no chão.

Parecia um pé de avenca
Viçado em fértil baixio
Ou, por outra, uma veada
Comendo às margens de um rio,
Com um olho no verde pasto
E o outro no campo vasto,
Expondo o pelo macio.

Perguntei: "Cadê seu pai?"
A menina estremeceu,
Pôs os olhos na rodilha,
Foi lá, veio cá, mexeu,
Recuou mais de uma vez
E, com muita timidez,
Olhou e me respondeu:

"Tá por aí trabalhando
Em alguma melhoria
Do sítio, pois é só isso
Que o meu pai faz todo dia".
Entre mutucas e orvalho
Me embrenhei por um atalho
Conducente à moradia.

Que descalabro!... A casinha
Era ver um barracão;
A cumeeira selada,
Formigueiros no oitão...
Até mesmo o pé de pinha,
Antes frondoso, já tinha
Morrido de inanição.

Bati palmas: "Ô, de casa!"
Me apareceu a mulher.
Que, assustada, perguntou:
"O que é que o senhor quer?"
Repliquei: "O Zé está?"
Disse ela: "Foi acolá,
Mas volta, se Deus quiser.

Inda agorinha saiu.
Mas não demora". Apeei,
Andei com passadas firmes
E, com cautela, indaguei:
"Como é que vai a saúde?"
Ela disse: "O mundo ilude,
Senhor, e eu já me acabei".

Muito acabadinha a Ana,
Toda rugas e estranheza.
Mas eu já sei que, com o tempo,
Todo encanto e fortaleza
A tendência é se acabar,
Deixando no seu lugar
Feiura, dor e tristeza.

E ela comentou: "Estou
Amorrinhada de um jeito
Que sinto dor na cacunda
E ela responde no peito.
Dói rim, baço e coração;
São tantas dores que não
Consigo dormir direito.

Eu disse: "Metade é cisma!...".
Mas Ana não concordou,
Se escorou numa das pernas,
Resmungou e retrucou:
"Cisma não. Eu é que sei!".
Não dei corda, me calei,
Ela também se calou.

Era a mãe da adolescente
Que eu há bem pouco encontrara;
Se lamentava de tudo,
Trazia amarrada cara,
Se queixava de mil dores,
Tinha o pior dos humores
E um ar de tristeza rara.

Nisso apareceu Joaquina.
Velha bem-apessoada,
Rija e tesa me saudou
Com voz de pouco cansada
E cara de simpatia:
"Essa gente de hoje em dia
Quase não presta pra nada".

Era ela a mãe da Ana
E avó daquela menina
Que eu encontrei na cancela,
Ainda há pouco, a Regina.
Era uma velha aprumada,
A Joaquina. Despachada,
Gente alegre, gente fina.

Que disse: "Estou com setenta,
Mas acho essa vida um gozo;
Criei filha, criei neta,
E isso foi maravilhoso.
Já no crepúsculo da vida,
Trabalho não me intimida,
Pois lavo, cozinho e coso".

Estava nessa conversa
Quando o Zé apareceu;
Vinha da roça. Na hora
Que ele me reconheceu,
Seu rosto se iluminou,
Vibrou e se aproximou
E um forte abraço me deu.

Com pouco tempo chegou
Regina, do cacimbão;
Nos olhou desconfiada,
Botou a lata no chão,
Acarinhou a rodilha
E o Zé disse: "É minha filha!
Ó grata satisfação!".

Eu fiquei interessado
Mais na avó da adolescente
E fui conversar com ela,
Ali mesmo no batente.
Se eu na menina falava,
O seu rosto revelava
Sinais de estar mais contente.

E ela disse: "Se não fosse
Esse anjinho de candura,
Minha vida, com certeza,
Seria muito mais dura.
Beleza maior não há!
É só ela quem me dá
Satisfação e ternura".

A velha pôs-se a coser
Perto da luz da janela
E eu fiquei admirado
Com a habilidade dela,
Que, com jeitinho, emendava
Retalhos e organizava
Uma colcha muito bela.

Aproximei-me da velha,
Que trabalhava apressada,
E lhe falei: "Nesta idade?"
Ela riu lisonjeada
E disse: "É pra você ver!
Quero, antes de morrer,
Esta colcha terminada.

É uma colcha de retalhos,
Onde afogo os desenganos;
Quando Regina nasceu,
Guardei as sobras dos panos
Do seu pequeno enxoval
E, de modo natural,
Faço isso há quinze anos.

Na verdade, ela tem sido
O meu pequeno xodó.
Com ela me entreto. Quando
Estou me sentindo só,
Nela recobro alegrias.
Ligue não, pois são manias
De uma dedicada avó.

Quando sobeja um retalho
De seda, cetim ou chita,
Ou qualquer outra fazenda,
O meu coração palpita,
E eu não deixo ele escapar;
Pois sei que ele vai deixar
A colcha inda mais bonita".

E continuou a velha,
Ao me ver interessado;
Estendeu na minha frente
Um pano variegado,
Dizendo: "É pra você ver!
Este trabalho vai ser
Meu presente de noivado.

"Com setenta, tenho ainda
Coragem e discernimento;
Esta colcha de retalhos
Será um belo ornamento.
Só vou findar meu trabalho
Com o derradeiro retalho
Da roupa do casamento".

Regina escutava tudo,
Mas não se manifestava;
Metida lá na cozinha,
Saltitante trabalhava.
Porém, embora ocupada,
Lutando muito agitada,
Notei que nos espiava.

Mais uns dois dedos de prosa
E apareceu um café
Com pão de queijo. Bebi,
Ouvindo a velha e o Zé,
Que me falou dos seus planos.
Parti. Por mais de dois anos
Ali não pus mais o pé.

Nesse intervalo, dona Ana
Cansou de se maldizer
Da grande dor na cacunda
E inventou de falecer.
Deixou filha e mãe (coitadas)
Tristonhas, mais castigadas,
Vivendo mais por viver.

Depois eu fiquei sabendo
Que um moço da vizinhança
Se interessou por Regina,
Aquela quase criança,
E a raptou, garantindo
Conforto, um futuro lindo,
Saúde, escola e aliança.

Mas soube também que aquela
Promessa não foi cumprida,
E aquela jovem inocente
Dera a viagem perdida,
Pois o vizinho levara
A pobre Regina para
Fazê-la prostituída.

Fui lá num mês de setembro,
Em plena segunda-feira;
Cheguei pela mesma estrada,
Transpus a mesma porteira,
Cortei pelo mesmo atalho,
Contemplando cada galho,
Curtindo cada ladeira.

Lamentei o ocorrido,
Quase que perco o meu sono,
Me lembrei do sítio, se
Tinha mudado de dono,
E resolvi lá tornar,
Na certa pra constatar
Da velha o grande abandono.

Na chegada vi com os olhos
Da minha imaginação
O vulto da adolescente
Regina. Lata na mão,
Indo com lenta passada,
Calada, desconfiada,
No rumo do cacimbão.

Andei mais uns passos, vi
A taperinha deserta,
Vasculhos nos arredores,
Uma janela entreaberta,
Muito mato no quintal
E a cerquinha do curral
De rama toda coberta.

Por fim, gritei: "Ô, de casa!"
Chamei outra vez, e nada.
Cheguei pra perto da porta,
Vi que ela estava encostada,
Empurrei, e ela gemeu.
Foi aí que apareceu
Sombra trêmula e enrugada.

"Bom dia, dona Joaquina!
E o seu Zé, onde ele está?"
Não reconheceu-me a velha,
Queixou-se da vista má
E disse, muito intranquila:
"O Zé saiu, foi à vila,
Mas breve ele voltará.

Foi vender o que sobrou
De goma, arroz e farinha.
Eu perguntei: "Tem coragem
De ficar aqui sozinha?"
Respondeu desajeitada:
"Viver só, abandonada,
Meu caro, é a sorte minha".

Quando me reconheceu,
Deu uns passos desiguais
E disse: "Morreu-me tudo,
Ô educado rapaz!
Minha dor está completa.
Morreu filha, morreu neta,
E hoje nada mais me apraz".

Sentei-me num velho banco,
Sem saber o que fazer,
Sentindo um nó na garganta,
Vendo a velha se mover,
E disse, com dor no peito:
"Todo mundo está sujeito
A ganhar e a perder".

A velha, com fundos olhos,
Cheios d'água, olhou pra mim
E disse: "Viver setenta
E dois, pra findar assim!...
Ó meu Deus, que estrela parda!
Sinto que a morte não tarda,
Eu já estou quase no fim".

De pena, meu coração
Bateu mais acelerado,
E eu pensei naquele ermo,
Onde tudo era passado,
A terra, a casa, as porteiras,
Os sonhos, as laranjeiras,
A juventude, o roçado.

A única coisa presente
Naquele momento era
A velha sobrevivente.
Como a alma da tapera,
Um olhar sem alegria,
Uma pobre que vivia
Em longa e penosa espera.

"O que mais eu quero agora?",
Murmurou pausadamente.
"Ainda gostava do mundo,
Mesmo velha. De repente,
Minha filha me deixou
E alguém desencaminhou
A minha neta inocente.

Neta que era duas vezes
Meu consolo e minha filha.
Mas ela foi muito tola,
Não leu a minha cartilha.
Feriu a mim e ao Zé,
E nesse momento é
Estrela que já não brilha."

Relanceei um olhar
Cuidadoso pela sala
E avistei sobre uma banca,
Dentro de encardida mala,
A colcha inda inacabada.
Vi a velhinha abalada
E procurei consolá-la.

Ergueu a colcha e falou,
Chorando, a velha Joaquina:
"Cada retalho aqui lembra
Um momento de Regina.
Lembra um vestidinho dela,
Que pra mim foi a mais bela
E mais mimosa menina.

33

Aqui leio a vida dela
Desde quando ela nasceu.
Este azul de listras claras
Foi um presentinho meu
No dia do batizado.
Este outro amarelado
Foi o Zé, seu pai, quem deu.

Este vermelho florado
Ganhou antes dos três anos.
Já andava a casa toda,
E eram muitos nossos planos,
Sem imaginar que algum dia
Regina nos deixaria
No mundo dos desenganos.

"Este cá, de xadrezinho,
Foi pelos oito de idade.
Nesse tempo o nosso mundo
Era só felicidade.
Este aqui cor de pastéis
Foi quando completou dez
E visitou a cidade".

A velha foi comentando
Todas as fases da vida
Da menina, se lembrando
De cada arte cometida.
Falou do tanto que a amou.
Logo em seguida enxugou
Uma lágrima sentida.

Perdida, calou-se um pouco,
Em longa contemplação,
E disse: "Ela vestiu este
Numa noite de São João,
Quando já era mocinha,
Com seus quinze, engraçadinha,
Causando admiração".

Depois de pausa dorida,
A pobre velha oscilou
A cabecinha já branca,
Pensou e balbuciou:
"Este foi o da desgraça.
Com ele, ela fez trapaça
Pra fugir e me matou".

Calei-me também, opresso,
Com um azedume na boca
E aperto grande em minha alma,
Notando sorte tão pouca,
Vendo um fim anunciado,
Deprimente, machucado
Pela mocidade louca.

A velha ficou imóvel,
Eu fiquei paralisado.
Disse ela: "O mundo é cruel
E muito tem me negado.
Deus! Tinha que acontecer?
Essa colcha era pra ser
Meu presente de noivado".

Pra concluir, disse a velha,
Com voz trêmula e já falha:
"Deus não quis! Eu acho que
Quem nasce para cangalha
Não se acostuma com sela.
Quero me enterrar com ela
Me servindo de mortalha".

Guardou a colcha, dobrada,
Suspirando uma saudade.
Um mês depois soube que
Viera a fatalidade.
Morreu, e poucos sentiram.
Pior é que não cumpriram
Sua última vontade.

Ora, pois, que importa ao mundo
A vontade derradeira
De uma pobre velha que
Trabalhou a vida inteira,
Sonhou, batalhou, amou,
E se decepcionou
Com tudo? Tudo besteira.